livro de versos

livro de versos
RUBEM BRAGA

prefácio de
Affonso Romano
de Sant'Anna

São Paulo
2023

© Roberto Seljan Braga, 2022
"O poeta Rubem Braga" © by Affonso Romano de Sant'Anna

1ª Edição, Edições Pirata 1980
2ª Edição, Record 1993
3ª Edição, Global Editora, São Paulo 2023

Jefferson L. Alves – diretor editorial
Gustavo Henrique Tuna – gerente editorial
Flávio Samuel – gerente de produção
Jefferson Campos – assistente de produção
André Seffrin – coordenação editorial
Nair Ferraz – coordenação de revisão
Amanda Meneguete – assistente editorial
Giovana Sobral – revisão
Taís do Lago – projeto gráfico e capa
Alberto Jacob/Agência O Globo – foto de capa

Dados Internacionais de Catalogação na Publicação (CIP)
(Câmara Brasileira do Livro, SP, Brasil)

Braga, Rubem, 1913-1990
   Livro de versos / Rubem Braga ; prefácio Affonso Romano de Sant'Anna. – 3. ed. – São Paulo : Global Editora, 2023.

   ISBN 978-65-5612-379-0

   1. Poesia brasileira I. Sant'Anna, Affonso Romano de. II. Título.

22-129887   CDD-B869.1

Índices para catálogo sistemático:
1. Poesia : Literatura brasileira   B869.1

Cibele Maria Dias - Bibliotecária - CRB-8/9427

Obra atualizada conforme o
NOVO ACORDO ORTOGRÁFICO DA LÍNGUA PORTUGUESA

Global Editora e Distribuidora Ltda.
Rua Pirapitingui, 111 – Liberdade
CEP 01508-020 – São Paulo – SP
Tel.: (11) 3277-7999
e-mail: global@globaleditora.com.br

 globaleditora.com.br   @globaleditora

 /globaleditora   @globaleditora

 /globaleditora   /globaleditora

 blog.grupoeditorialglobal.com.br

 Direitos reservados.
Colabore com a produção científica e cultural.
Proibida a reprodução total ou parcial desta
obra sem a autorização do editor.

Nº de Catálogo: **4581**

livro de versos

nota da editora

Coerente com seu compromisso de disponibilizar aos leitores o melhor da produção literária em língua portuguesa, a Global Editora abriga em seu catálogo os títulos de Rubem Braga, considerado por muitos o mestre da crônica no Brasil. Dono de uma sensibilidade rara, Braga alçou a crônica a um novo patamar no campo da literatura brasileira. O escritor capixaba radicado no Rio de Janeiro teve uma trajetória de vida de várias faces — repórter, correspondente internacional de guerra, embaixador, editor —, mas foi como cronista que se consagrou, concebendo uma maneira singular de transmitir fatos e percepções de mundo vividos e observados por ele em seu cotidiano.

Sob a batuta do crítico literário e ensaísta André Seffrin, a reedição da obra já aclamada de Rubem Braga pela Global Editora compreende um trabalho minucioso no que tange ao estabelecimento de texto, considerando as edições anteriores que se mostram mais fidedignas e os manuscritos e datiloscritos do autor. Simultaneamente, a editora promove a publicação de textos do cronista veiculados em jornais e revistas até então inéditos em livro.

Com a reedição deste *Livro de versos*, publicado pela primeira vez em 1980, a Global Editora convida o leitor a caminhar por um território da produção do escritor capixaba pouco conhecido. Encontram-se aqui reunidos versos que manifestam de maneira surpreendente a mesma arrojada leitura do mundo que marca sua prosa.

sumário

10 prefácio à 2ª edição:
o poeta Rubem Braga —
Affonso Romano de Sant'Anna

16 senhor! senhor!

20 poeta cristão

24 aquela mulher

28 adeus

32 a morte de Zina

48 retrato do time

52 2 graus sul

56 soneto

58 os amigos no Almaval

62 bilhete para Los Angeles

64 para Blanca Vergara

68 ode aos calhordas

72 ao espelho

74 poema em Ipanema, numa
quarta-feira sem esperança

79 biografia do autor

prefácio à 2ª edição

o poeta Rubem Braga

Há uma crônica de Rubem Braga intitulada "O mistério da poesia", que eu costumava usar para introduzir meus alunos nos segredos do texto literário. Ali ele se refere a um verso que ficou para sempre na sua memória e que lhe ocorria nos momentos mais variados de sua vida. Qual o segredo desses versos? O que havia no sentido, na melodia e no ritmo da frase que justificassem seu fascínio e permanência?

Rubem achava que o verso era de um boliviano. Não era, era do colombiano Aurélio Arturo. Não importa. O que importa é o verso e o que o cronista diz a respeito dele, desvendando aí o "mistério da poesia".

O verso era este: *"Trabajar era bueno en el Sur. Cortar los árboles, hacer canoas de los troncos."* Parecem frases banais, com palavras banais. Mas Rubem revela que o resto do poema apagou-se de sua lembrança. Por que ficaram aquelas frases? Rubem, então, começa a desmontar o texto demonstrando que se invertermos a ordem e dissermos, por exemplo: *"Era bueno trabajar en el Sur"*, já o encanto não será o mesmo, algo se quebraria além da melodia. E por aí vai. Não vou tentar repetir aqui a crônica, irrepetível como toda boa poesia.

Prefiro adicionar um fato curioso a respeito do mesmo poema e a respeito do mistério da poesia. Há cerca de um ano, na Colômbia, poetas amigos me deram uma antologia onde estava aquele poema de Aurélio Arturo. Contei-lhes então da crônica de Rubem Braga. Pois bem. Mal pronunciei o nome de Arturo, os poetas na sala da casa de Alberto da Costa e Silva começaram a entoar em coro: *"Trabajar era bueno en el Sur"*...

O que ocorrera com Rubem ocorrera também com outros leitores. O verso ficava impresso para sempre na memória de quem o lia.

Lembrei-me desta estorinha agora que Roberto Braga, também poeta, me pede esse prefácio para o livro de poesia de seu pai. E me recordo também que, em 1980, Rubem Braga telefonou-me prevenindo que ia me mandar um livro de poesia seu, que acabara de ser lançado por uma editora no Recife de nome Edições Pirata. Manifestava uma ternura juvenil por esse livro, onde ousava ser o que sempre fora, um poeta.

E eu, pensando: um autor dessa dimensão tem que ter seus poemas salvos por piratas de bons sentimentos. Chegou-me o livro, e na dedicatória para mim e Marina ele se chamava de "velho poeta". E eu pensei: está certo, certíssimo, é bom que ele se assuma como tal.

Que ironia! Primeiro, aí pelos anos 1940 ele foi considerado um poeta bissexto. É assim que aparece com três poemas na *Antologia de poetas bissextos contemporâneos* coligida por Manuel Bandeira. Quarenta anos mais tarde, volta o bissexto agora numa edição marginal pernambucana. Bissexto e marginal. E, no entanto, todos sabem que ele é dos maiores poetas da língua, só que em prosa.

Pode-se ler esse *Livro de versos*, que a Record*, em boa hora, resolveu recuperar, de várias maneiras. Uma delas é perceber que ele é um diálogo com amigos e com a poesia modernista que se fazia no Brasil entre 1920 e 1960. Um diálogo, sobretudo com Manuel Bandeira e Vinicius de Moraes. Há um cruzamento de estilos, uma fraterna paráfrase entre amigos. Vinicius, então, está lá mencionado no "Bilhete para Los Angeles" naquela linguagem desabrida que só parceiros da vida se permitem:

> *Tens uns olhos de menino*
> *Doce, bonito e ladino*
> *E és um calhordaço fino:*
> *Só queres amor e ócio,*
> *Capadócio!*

Vinicius e Bandeira são irmãos literários de Rubem Braga: o fascínio pelas mulheres, o diálogo com a morte e a apreensão do cotidiano através de uma carioquice enternecedora. Ali estão as invocações em ritmo de ode e prece profana. Qualquer dos dois, por exemplo, poderia ter escrito aquele poema onde o cronista revela patética e ironicamente que quer andar na rua do Catete, passar por suas calçadas, embora de barba não feita, ver as moças sem meias, desalinhadas e ágeis, e a amada agitação de esquinas, aves, ovos, bondes e pensões. Vinicius, por exemplo, que havia escrito a irônica "Carta aos puros", poderia assinar a "Ode aos calhordas" de Rubem, sendo que ambos os poemas foram escritos na mesma década de 1950.

---

* Affonso Romano de Sant'Anna faz aqui menção à 2ª edição do livro, publicada pela Editora Record no ano de 1993, por ocasião dos 80 anos de Rubem Braga. [N.E.]

Curioso que Vinicius tem um longo poema, meio em estilo de carta e crônica, intitulado "Mensagem a Rubem Braga". A epígrafe é uma frase de Rubem: "Os doces montes cônicos de feno", com uma anotação: "Decassílabo solto num postal de Rubem Braga, da Itália".

Vinicius fez com Rubem o que Manuel Bandeira costumava fazer com vários outros escritores: desentranhar a poesia da prosa alheia. E isto em Rubem não é difícil. Crônicas como "Homem no mar" são um compacto poema em prosa.

Finalmente, eu diria que esse livro talvez pertença à estirpe de *Viola de bolso*, de Drummond, e *Mafuá do malungo*, de Bandeira. Uma poesia de circunstância? Mas qual poesia não é de circunstância?

O fato é que é bom reencontrar o "velho Braga" em textos seus pouco conhecidos até agora. Por isso, parafraseando um de seus poemas aqui, se poderia dizer:

> A poesia anda mofina,
> mofina, mas não morreu.
> Quem dá prova disto é Rubem Braga,
> e não eu.

Affonso Romano de Sant'Anna

livro de versos

senhor! senhor!

Senhor, eu quero andar na Rua do Catete,
Senhor Guarda, Senhor Doutor, Senhor Deus,
Senhor Quem Quer Que Sejais.
Eu quero andar na Rua do Catete.
Daqui onde estou não posso ir lá,
Entretanto são seis e meia da tarde
E é absurdo não estar na Rua do Catete às seis e
[meia hora da tarde.
Tenho uma entrevista às seis e meia.
Um encontro sério.
Não na Rua do Catete: com a Rua do Catete.
Minha mulher estaria num quarto de pensão
[cuidando de meu filho,

Eu estaria, Senhor, na Rua do Catete.
Iria andando para a pensão
Pela Rua do Catete,
Por uma calçada suja e viva,
O cheiro ruim dos açougues,
Através de esbarros,
Dando boa-tarde a estudantes na porta do café
[da esquina,
Da esquina da Rua do Catete;
Veria moças sem meias, desalinhadas e ágeis,
As eternas moças populares, democráticas
Da eterna Rua do Catete,

Moças que vão às quitandas, moças das
[transversais.
Não irei, Senhor, nas transversais!
Senhor, desisto do trecho largo
Entre Largo do Machado e José de Alencar,
Desisto de Correia Dutra até a Glória,
Quero apenas um pedaço da Rua do Catete.
Senhor, me deixe ir lá,
Embora de barba não feita, Senhor,
Embora inquieto, indo para a pensão,
Inquieto com problemas financeiros urgentes
Senhor, não sou Adalgisa!
Não quero ser Deus, nem Pai nem Mãe
[de Deus,
Não quero nem lírios nem mundos.
Sou pobre e superficial como a Rua do
[Catete.
Quero a pequena e amada agitação,

A inquieta esquina, aves e ovos, pensões,

Os bondes e tinturarias, os postes,

Os transeuntes, o ônibus Laranjeiras,

Único no mundo que tem a honra de pisar na
[Rua do Catete,

No meu trecho da Rua do Catete.

Senhor, são seis e meia da tarde,

E o que vos peço não é o Palácio, Senhor,

O Palácio não quero eu.

Nem as estrelas frias, nem o caminho perdido,

Nem a donzela dúbia não quero eu.

Quero ir para o meu quarto

Onde estariam minha mulher e meu filho,

Ir pela Rua do Catete, Senhor, Senhor!

Estado do Rio, maio, 1938

poeta cristão

A poesia anda mofina,
Mofina, mas não morreu.
Foi o anjo que morreu:
Anjo não se usa mais.
Ainda se usa estrela
Se usa estrela demais.

Poeta religioso
Mocinha não pode ler:
Pecará em pensamento,
Que o poeta gosta do Novo,
Mas pilha seus amoricos
É no Velho Testamento.

Ai, o Velho Testamento!
Eu também faço poema,
Ora essa, quem não faz:
Boto uma estrela na frente
E um pouco de mar atrás.

Boto Jesus de permeio
Que Deus, nos pratos de amor,
É um excelente recheio.
E isso bem posto e disposto
Me vou aos peitos da Amada:
Sulamita, Sulamita,
Por ti eu me rompo todo,
Sou cavalheiro cristão.
Minh'alma está garantida
Num rodapé do Tristão
E o corpo? O corpo é miséria,

Peguei doença, mas Jorge
de Lima dá injeção!

O badalo está chamando,
Bão-ba-la-lão.

Amada, não vai lá não!
Eu também tenho badalos —
Bão-ba-la-lão!
Eu sou poeta cristão!

Rio, maio, 1940

aquela mulher

O médico me levou até o elevador.

Quando cheguei à rua

Sabia que já não estava condenado a morrer.

Mas as horas de perigo, de certeza da morte,

De preparação para a morte,

As horas da morte ainda batiam dentro de mim.

Nessas horas a vida recuara ante meus olhos,

Cheia

De suas fascinações, tristezas e ternuras,

Estava orgulhoso de mim mesmo.

De meu pensamento viril diante da morte,

Da força de meu ódio aos inimigos que eu

       [pensara em matar antes de morrer.

Do amor, do grande e comovido amor

Com que eu me despedia em silêncio de vós,

            [almas queridas,

Almas queridas a que jamais servi bem.

Ia pela rua, mas ainda ia a meu lado

A sombra sem terror mas inapelável

Da morte.

Foi então que passou a desconhecida mulher

Abençoada eternamente seja essa mulher!

Uma alta, bela, desconhecida mulher

Que andava com seu andar de desconhecida mansa

Seus finos cabelos negros brilhavam ao sol

E seus olhos eram claros como a vida que renascia.
No seu corpo havia a doce dignidade essencial
Que é a marca suprema da beleza na mulher.
Eu a fitei, eu detive os seus olhos com os meus,
Foi apenas um segundo.
Ela não desviou os seus,
Apenas continuou na sua marcha mansa
Não sentiu nos meus olhos a aflição deslumbrada
A ansiosa descoberta, a impressão de milagre
Nos meus olhos ressuscitados que saudavam
E abençoavam, abençoavam ardentemente sua

                    [natureza de mulher.

Eu estava tão sólido em face da morte,
De minha morte, de minha obscura morte,
Estava tão sólido, firme, bem plantado e certo
Perante a morte — e agora
Era como se a vida como alta onda desabasse
Sobre mim, e num instante
Senti toda a sua força furiosa, o desespero, a beleza,

A ânsia que não tem fim, a sede, a dolorosa
Exaltação que sempre foi a vida para mim,
A tonteira cruel, a coragem, a promessa
O que ela me dá, o que tomo, o que roubo,
O que espero, e tudo, tudo o que eternamente
[desespero.
Senti-me fraco, miserável, diante da vida,
À mercê da sua força inelutável, da atração
Cruel com que me chama todo dia.
Senti a sua exasperante incerteza,
Senti num instante toda a sua longa, longa,
Mortificante melancolia.
Fazia sol na rua.
Dois homens pararam me olhando. Eu olhava
Longe — com meu olhar ressuscitado
Que de longe, muito longe, ainda
Abençoava aquela mulher.

São Paulo, 1941

adeus

Adeus, escritório, adeus,

Para sempre e nunca mais.

Eu vou sair pelo mundo,

Vou para Minas Gerais.

Já não quero mais cidade,

Onde tem muita prisão

E nenhuma liberdade.

Nem quero ser lavrador,

Quero ser é um vagabundo,

Do mais pobre e desgraçado,

Mas de espingarda na mão.

Se precisar trabalhar

Mudo sempre de patrão.

No fundo do mato arranjo
Comida para comer,
Cachaça para tomar,
Maleita para morrer.
Adeus, mulherada, adeus,
Para sempre e nunca mais.
Eu vou no rumo de Minas,
Pego o sertão de Goiás.
Vou caçando, vou pescando,
Vou matando sem aviso
O branco que aparecer.

Depois desço por um rio
Para o Norte ou para o Sul —
Vou descendo sem saber —
Em Marajó ou no Prata
Eu varo as ondas do mar
E saio por este mundo
Barbado, pobre, sozinho,
Doente, todo estragado,
Mas de espingarda na mão.
Eu saio por este mundo
É de espingarda na mão!

1942

a morte de Zina

32

Acordo no meio da noite. Meu quarto é outro.
A noite é outra. De repente me vem o sentimento
Agudo de que Zina vai morrer.
Minha irmã e minha madrinha — ela vai morrer.

Devem ser esses gatos sobre os telhados e muros.
Todos os gatos estão em fúria de amor esta noite.
Gritam em espasmos desesperados. Gritam a noite
[inteira
Como crianças que estão sendo horrivelmente
[torturadas,
Mulheres em dores de parto.
A parede não está à minha direita, sim à esquerda.
Minha mulher ainda não existe, nem meu filho.
Meu quarto é outro. Eu sou outro.
Estou sobressaltado. Esses gritos de gatas
Subitamente me apunhalam, me desesperam,
[me ferem.
Olho no escuro. Olho fixamente a parede
De um quarto antigo. É 1929.
Sei que Zina vai morrer. No momento
Está gritando. Está no quarto de cima, gritando
De maneira lancinante. Dias e noites gritando.
O menino não nasce, não pode nascer.
Todas as gatas do mundo estão miando em fúria
[de amor,

Dolorosa, lamentosa, furiosamente.

É impossível distinguir os gritos terríveis de Zina

Desses gritos escandalosos de espasmos de cio.

Abro a janela. Vejo o caramanchão, os pés

De pinha, a escada de minha casa. Os gatos miam.

Salto pela janela. Jogo pedras no morro, nos

[telhados.

Lá em cima o quarto está aceso.

Estão médicos e pessoas da família

E Zina desesperada gritando.

Volto à cama. Os gatos miam.

Toda a noite miarão. A noite inteira, inteira,

Zina gritará desesperada de dor.

O menino não nasce. Durmo. Tenho 16 anos

E que forte coração! Meus olhos secos,

Meu coração duro. Durmo entre gritos de agonia.

Sei que Zina vai morrer.

Os médicos a levam para o Rio de Janeiro.

Eu penso: No Rio de Janeiro ela vai morrer.

Meus pais, meus irmãos, todos viajam com Zina.

Alguém precisa ficar, eu fico.

Tenho 16 anos. As duas casas desertas.

E à noite outra vez esse desespero dos gatos miando.

Parece que os telhados, os muros, todo o morro,

Desde o pé de fruta-pão até os cajueiros

Estão coalhados de gatos em angústia de amor

A esta hora Zina está no trem martirizante,

Que avança lerdo. Zina está gritando.

Passam dias. O menino nasceu.

Mas abro um telegrama com a morte de Zina.

Passo a noite num banco da estação esperando

[o trem.

Fumo. Chegam homens e mulheres.

Perguntam a que horas chega o especial. Não sei.

Esperarei. Me abraçam.

Até um que é meu inimigo me aperta a mão

Porque Zina morreu.

Tenho os olhos secos. Estou forte e seco.

A um tempo forte, seco e vazio.

A noite inteira esperarei no banco da estação.

A vida inteira esperarei, insone, seco,

No banco da estação. As pessoas chegam, esperam,

Falam, me abraçam, olham o relógio, sussurram.

Me abraçam, dizem: "meus pêsames".

Vão-se embora. Chegam outras. Falam.

Quando Zina chegou morta, eu a vi.

Suas magras mãos estavam amarelas como velho

[marfim.

Amarelas de formol. Muito finas. Nunca

As mãos de Zina foram assim tão mãos de Zina.

Curvo-me. Olho detidamente as mãos.

Não beijo as mãos. Não beijo a testa

De Zina. Tenho o coração seco, o peito como

[travado,

Trancado, seco. Os olhos secos.

Muitos choram. Me abraçam.

Minha mãe. Meu pai calado. Os irmãos, as irmãs.

Acompanhamos o caixão de Zina. Pobre Zina.

"Me enterrem em Cachoeiro. Quero ficar em

[Cachoeiro.

Se não ficar muito caro, e não der muito incômodo,
Me enterrem em Cachoeiro. Não, é bobagem minha.
Me enterrem em qualquer lugar. Não chore, minha
[mãe."
Despediu-se do marido.
Chamou todos. Mandou lembranças para mim.
Mandou a bênção para mim. Era minha madrinha.
Aqui estamos enterrando Zina.
Zina está morta com 30 anos. O cemitério está cheio.
Estamos gravemente enterrando Zina. Mulheres
[soluçam,
Choram, são amparadas. "Carmozina,
Carmozina morreu." Me contam: Zina
disse: "Margarida, cuide de meu filho.
Olhe, não é preciso me enterrar em Cachoeiro."
Ouço, tenho os olhos secos.
Tenho o coração seco. Tenho 16 anos.
Sou seco. Gravemente enterramos Zina.

O caixão já está fechado e já desceu.
Começamos a jogar terra.

Então chegou meu tio. É um homem grande

De botas e bigodes. Veio de longe, a cavalo,

Veio, de botas e bigodes,

Porque lá no fundo do sítio

Soube que Zina morreu.

Quando chegou, o caixão já estava fechado,

E já descera. Íamos começando

A jogar terra. Ele chegou

Com a testa suada. Vinha de longe.

Não falou a ninguém. Calado,

Afastou as pessoas, empurrando

Devagar as mulheres em soluços.

Chegou à beira do túmulo de Zina.

Olhou. Meu tio olhava

Como se estivesse completamente

Sozinho. Não havia mais

Ninguém ali, a não ser

Ele — com sua cara de homem rude

E solitário — e o caixão de Zina.

Olhou calado. Nós paramos

De jogar terra; todos paramos.

De repente ele disse:

"Eu queria ver Carmozina.

Eu ainda queria ver Carmozina."

Sua voz era grossa e rouca.

Um soluço rebentou no seu peito. Afastou-se,

Montou a cavalo, sumiu.

A casa de Zina ficou fechada e sem ninguém
                                        [morando.

Mamãe às vezes ia lá. Ia na sala de jantar,

Ia no quarto de Zina. Via os vestidos de Zina,

Ficava calada olhando as coisas de Zina.

Ia até a cozinha. Ia à sala de jantar.

Ia na varandinha onde ficavam as gaiolas dos
                                        [canários.

Descia a escada. Subia calada.

Voltava ao quarto de Zina.

Levava horas parada, olhando, no quarto de Zina.

Rezaram missas, puseram luto, choraram muito.

Não rezei nem chorei.

Vieram pobres mulheres espíritas do Morro da Palha
E disseram a Mamãe: "A senhora
Pode falar com dona Carmozina."
Fizeram uma sessão no quarto de Zina.
Não fui. Só minha mãe e as mulheres.
Mamãe queria falar com Zina.
Quando ela saiu do quarto
Tinha a mesma cara silenciosa, triste.
As mulheres disseram que ela tinha falado com Zina:
Mamãe disse: "É".
Mas a mim disse: "Nada, meu filho,
Não sei não, eu não falei com minha filha.
Minha filha morreu. Quando eu estou sozinha
Na casa dela, fico na sala de jantar, eu penso
Que Zina está no quarto. Às vezes eu penso que ela
Vai à cozinha. Passa com aquele xale.
Eu não vejo, mas acho que ela passa.
Fico mexendo nas roupas de Zina, nas coisas de Zina.
Zina morreu."

Meu pai é que nunca voltou à casa da filha.

Somente de nossa casa

Olhava as janelas fechadas da casa da filha.

Pouco falava de Zina. Até morrer

Meu pai, nunca mais ninguém viu meu pai achar

[graça

Em nada. Primeiro ficou sem trabalhar.

Depois trabalhava com uma fúria seca,

Um vazio feroz.

Ficou doente, foi no Rio de Janeiro se operar

Voltou, morreu.

Todos estavam juntos em volta dele.

Só eu estava no Rio. Quando cheguei

Na estação, cansado da longa viagem,

Meu primo disse: "Ele morreu".

Cheguei em casa. Quando entrei no quarto grande

Ali estavam muitas mulheres em volta do corpo

[de meu pai.

Estavam caladas. Quando me viram, subitamente

Romperam em soluços e gritos.

Eu disse: "Quero tomar um banho".

Minha mãe estava num canto chorando.

Eternamente jogada num canto chorando, chorando.

Depois a gente falava uma coisa ela dizia: "É..."

E ia fugindo para dentro do quarto, lá ficava

[chorando.

Depois viajei. Tenho tido

A comum vida de um homem.

Sou pouco dos meus. Muito de muita gente,

Às vezes secretamente solitário

Como toda gente.

Necessito amargamente de pessoas que me amem.

Necessito que me amem. Algumas pessoas me

[amam.

Por isso eu digo: Sou rico.

Tenho desperdiçado muita coisa,

Mas vida não. Vivo com uma certa

Alegre ferocidade. Vou andando.

Tive momentos em que fui

Sufocado pela beleza e paixão

Da vida. Tive aflições
Duras. Remorso. Medo. Penúria. Tenho vivido.
Sou um homem. Vivi
Coisas humilhantes sem perder o orgulho,
Mas sou de natural humilde dentro de mim.
É fácil me ferir. Mas eu pelejo,
Ainda ferido. Eu luto.
Nos momentos piores senti dentro do peito
Alguma coisa dura.
Era talvez a não chorada morte de Zina,
A morte cruel de Zina
Trancada no meu peito,
Dura e pura como um diamante
Ardendo dentro de si mesmo, fechado
Dentro do peito.

A morte de Zina foi muito ruim.
Ela não merecia ter morrido assim.
Zina nunca devia ter morrido assim.
Tinha 30 anos. Veja, Zina, é engraçado,
Estou mais velho que você.

Imagino que ela aparece. Apresento:

"Esta é minha mulher, este é meu filho.

Esta é Zina."

Zina olha os dois. Diz ao menino:

"Vai apanhar um pente, eu quero

Te pentear". E à minha mulher:

"Olhe, se você quiser, sai com este cinto.

Acho que fica muito bem com esse vestido seu."

Lembro Zina. É magra.

Nem bonita nem feia.

Tem uma graça meio triste.

Vejo seu penteado antigo, amigo.

Seu jeito. Era minha madrinha

Mas não fazia questão de bênção.

Dizia: "Qual, esse meu irmão".

Me olhava com seriedade.

Nos seus olhos sérios havia

Um límpido carinho.

Não tenho em casa nenhum retrato de Zina.

Devia ter. Mas essas coisas sempre

Eu vou deixando. Não faz mal.

Talvez mesmo tenha algum retrato.

Tenho coisas demais em minha casa.

Distraidamente juntamos coisas.

Muitas são arbitrárias.

Vão pesando sobre a vida

Sem razão.

Um incêndio

Seria salutar.

Eu iria para o outro lado da rua

Com minha mulher e meu filho

E veria tudo queimar. E diria:

"Bem. Tudo queimou.

Vamos até o café."

E minha mulher diria:

"Vamos."

Quase adormeço. Faz calor. Creio que dormi.

Súbito

Desperto outra vez apunhalado, de gritos, tremendo.

Os gatos miam. Gritam, uivam,

Outra vez, escandalosos, cruéis.

Batem janelas, sopra o noroeste
Ardente, desigual. Miam
Esses gatos torturados
De amor.

Sou um homem sensível, fraco. Qualquer coisa
Me atinge. Os ventos do sul me fazem triste,
O nordeste me enche o peito,
O terral na madrugada me abençoa. Esse vento
Me faz inquieto e feroz.
Os gatos se amam; nesta noite de noroeste
Seus espasmos são mais agudos.
Estão dolorosamente excitados
E me arrebentam os nervos.

São os gritos de Zina
No desespero.
Nada posso fazer — só ouvi-la gritar.
Tenho 33 anos. Levei trompaços,
Aguentei. Mas sou fraco.
A dor atroz de Zina que vai morrer
Me exaspera.

Tenho raiva. Tremo de raiva da injustiça.

Zina, não grite mais. São gatos! Zina!

Sairei com a minha espingarda

Matarei todos os gatos.

Pelos telhados da cidade, ridículo, feroz,

Caçarei todos os gatos, um a um, esta noite.

A garganta seca. Desabo

Sobre a mesa. Choro

Como um menino.

No quarto.

A água me enche os olhos

Me banha a cara. É um alívio.

Vou dormir. Essas lágrimas

São uma benção de Zina. Adormeço.

Ela está no quarto.

Não grávida. Magra, séria, triste

Olhando o seu irmão.

Rio, 1946

retrato do time

No primeiro plano vê-se a linha intrépida

Em posição de repouso vigilante

Ajoelhada sobre o joelho esquerdo,

Prestes a erguer-se

Uma vez batida a chapa

E atacar com ímpeto.

A defesa está atrás, de pé pelo Brasil.

Esse de gorro era nosso melhor elemento

Lembro que nesse jogo Nico foi expulso de campo.

Injustamente pelo juiz.

Porém não antes de marcar seu "goal".

Esse mais gordo chamava Roberto Vaca-Brava.

Nosso "center-half", homem aliás capaz

De jogar em qualquer posição... Quer ver? Me

[lembro:

Joca, Liberato e Zico,

Tião, Roberto e Sossego,

Baiano, eu, Coriolano, Antonico e Fuad.

Era um onze imortal

Como aliás se nota nessa fotografia

Nessa chuvosa tarde antigamente heroica

                    [eternamente

Em que empatamos porém foi nossa a vitória moral.

E olhando o retrato

Olho especialmente o meu:

Um rapazinho feio, de ar doce e violento

Sobre o qual disse o jornal:

"O valoroso meia-direita."

E com toda razão, modéstia à parte.

Esse alto, nosso "keeper" Joca Desidério

Quando a linha fechava ele gritava para os "backs" —

Sai tudo, sai da frente — e avançava na linha.

E chorava de raiva quando uma bola entrava.

Mais tarde, por causa de um italiano, ele se fez
[assassino
Mas com toda razão, segundo me contaram.

Alviverde camisa do Esperança
do Sul Foot-Ball Club, conhecido
Como os capetas verdes — somos nós!

Nós todos envergando essas cores sagradas
E no coração dentro do peito cada um tem uma
[namorada na bancada,
Cada um menos um.
Era Fuad, que não interessava a ninguém,
E morreu tuberculoso sacrificado de tanto correr
[na extrema
É esse aqui, de nariz grande, esse turquinho feio.

1946

2 graus sul

Há tanta vida de um lado
E de outro lado do mar,
E eu no meio a pasmar!

Já Fernando de Noronha,
A ilha dos degredados,
Ficou azul a boreste
Com seu rochedo apontando
A ingratidão do Senhor.
Amanhã de manhã cedo
Passaremos o Equador.

Ficou lá longe o Recife
"Entre coqueiros e lua"
Oh Braga! Vejo que a tua
Funesta melancolia
Passeia no passadiço
E tomba no tombadilho
E vigia na vigia
A vinda de uma tormenta...

E me jogo a sotaluna
E me perco a barlanuvem,
Mas salvo o meu coração.

— Salvo, porém me detenho
Com esse náufrago na mão.
Ora, quem quiser cuidar dele tenha mão delicada
E não seja nada ruim tal como essa minha presente
[amada;
Veja que é, a bem dizer, um coração de criança,
Tão fácil de fazer parar como galopar de esperança.
Bem sei que não sou marujo, mas me dou ares
[do mar
E chamo pelo nome o vento, e adivinho a corrente
Sabendo que isso não altera o desespero vulgar
Desta longa viagem sonâmbula e doente.

Não sou marujo, porém
Poeta sacolejado
Neste navio do Lloyd,
Patrimônio Nacional.
Oh que lenta prisão morna
Neste deserto de sal.

Vou levantando castelos
De proa na inquietação,
E jogando bola ao cesto
Da gávea na cerração.
Por que pretender viver?
Por que fazer trocadilhos?
Por que não querer chorar?

Seria melhor, com certeza, ter morrido no meio
Do mar, num desastre qualquer, tal acontece
Às vezes, quando uma caldeira, indignada e velha
Como um coração, de repente arrebenta.

— Espera, Braga, que a vida
Vai começar aos quarenta.
Logo dentro de dez anos
Estarás cinquentão.
Então poderás morrer
E descansar para sempre
Como teu pai, teu avô,
Teus tios e teu irmão.

Em viagem, 1947

soneto

E quando nós saímos era a Lua,
Era o vento caído e o mar sereno
Azul e cinza-azul anoitecendo
A tarde ruiva das amendoeiras.

E respiramos, livres das ardências
Do sol, que nos levara à sombra cauta
Tangidos pelo canto das cigarras
Dentro e fora de nós exasperadas.

Andamos em silêncio pela praia.
Nos corpos leves e lavados ia
O sentimento do prazer cumprido.

Se mágoa me ficou na despedida
Não fez mal que ficasse, nem doesse —
Era bem doce, perto das antigas.

1947

os amigos no Almaval

E afinal de contas eu tenho alguns amigos católicos
Os quais parecem normais porém subitamente
Mostram o que na realidade são. Por exemplo
Agora mesmo disseram: eis a Semana Santa.
E tendo me voltado as costas, foram em busca de
[Deus.
Não bebem mais comigo nem vamos ao Joá.
Um dia voltam contristados, dizem: o Senhor morreu.
Trazem a cara muito triste e se negam a sorrir.
Eu não sei o que fazer. Não apresento pêsames
Porque se zangariam, mas na realidade
Fico um pouco aflito. Porém depois rezam, rezam
E dizem suspirando: Aleluia, Aleluia!
Confessam-me então, na praia, que estão de alma
[limpa

Limparam-na a cantochão, cantaram responsórios
E falam do mosteiro como de um show divinal.
Dizem: nada há como os frades de S. Bento
Que matam e ressuscitam Deus da maneira mais bela
Em longas cerimônias que abismam o coração.
E chegam na segunda-feira
Depois da Páscoa, como se fosse Quarta-feira de
          [Cinzas,
Numa ressaca de virtude que os empalidece um
          [pouco.

Depois do Carnaval fazem o seu Almaval
O Almaval é um profundo esbaldamento moral
Tudo a favor de Deus. Prometem não pecar
Muito demais — e ficam leves e simpáticos.
Mesmo a mim me olham com simpatia dizendo:
"— Como é, velho Braga? Então? Algum embaraço?"
E regressam ao cinema e ao consabido botequim
Como quem reassume a velha honestidade.

Rio, 1947

bilhete para
Los Angeles

Tu, que te chamas Vinicius
De Moraes, inda que mais
Próprio fora que Imorais
Quem te conhece chamara —
Avis rara!

Tens uns olhos de menino
Doce, bonito e ladino
E és um calhordaço fino:
Só queres amor e ócio,
Capadócio!

Quando a viola ponteias
As damas cantando enleias
E as prendes em tuas teias —
Tanto mal que já fizeste,
Cafajeste!

Apesar do que, faz falta
Tua presença, que a malta
Do Rio pede em voz alta:
— Deus te dê vida e saúde
Em Hollywood!

Rio, 1949

para Blanca Vergara

Blanca Diana Vergara
Conhecida como La Negra
Eu te levei uma noite
À casa de tua infância.

Blanca Diana que nunca
Chegou a ser esperança
Para o meu peito estrangeiro
Mas foi como um leve anelo,
Uma doçura chilena.

Deus guarde Blanca Diana
Dita La Negra Vergara,
Bela e séria!
Um sonho de Santiago
Que não cheguei a sonhar
Mas ficou no coração
Como uma coisa no ar.

La Negra Vergara que é *"una*
Negra de barrio tan buena
Como la mejor del Centro"
De olhos e testa bonitos
Alta e serena
Deixe Talo e Santiago
Deixe Paulina e Pilar
Não bebas com Jorge Edwards
Que ele quer te namorar.

Vem ao Rio de Janeiro
Onde um ex-agregado
Comercial
Teve a inútil fantasia
De fazer, pensando em ti,
Numa tarde de verão,
Este poema banal.

Rio, 1952

ode aos calhordas

Os calhordas são casados com damas gordas
Que às vezes se entregam à benemerência:
As damas dos calhordas chamam-se calhôrdas
E cumprem seu dever com muita eficiência

Os filhos dos calhordas vivem muito bem
E fazem tolices que são perdoadas.
Quanto aos calhordas pessoalmente porém
Não fazem tolices — nunca fazem nada.
Quando um calhorda se dirige a mim
Sinto no seu olho certa complacência.
Ele acha que o pobre e o remediado
Devem procurar viver com decência.

Os calhordas às vezes ficam resfriados
E essa notícia logo vem nos jornais:

"O Sr. Calhorda acha-se acamado
E as lamentações da Pátria são gerais."

Os calhordas não morrem — não morrem jamais
Reservam o bronze para futuros bustos
Que outros calhordas da nova geração
Hão de inaugurar em meio de arbustos.

O calhorda diz: "Eu pessoalmente
Acho que as coisas não vão indo bem
Pois há muita gente má e despeitada
Que não está contente com aquilo que tem."

Os calhordas recebem muitos telegramas

E manifestações de alegres escolares

Que por este meio vão se acalhordando

E amanhã serão calhordas exemplares.

Os calhordas sorriem ao Banco e ao Poder

E são recebidos pelas Embaixadas.

Gostam muito de missas de ação de graças

E às sextas-feiras comem peixadas.

1953

ao espelho

Tu, que não foste belo nem perfeito,
Ora te vejo (e tu me vês) com tédio
E vã melancolia, contrafeito,
Como a um condenado sem remédio.

Evitas meu olhar inquiridor
Fugindo, aos meus dois olhos vermelhos,
Porque já te falece algum valor
Para enfrentar o tédio dos espelhos.

Ontem bebeste em demasia, certo,
Mas não foi, convenhamos, a primeira
Nem a milésima vez que hás bebido.

Volta portanto a cara, vê de perto
A cara, tua cara verdadeira,
Oh Braga envelhecido, envilecido.

1957

poema em Ipanema, numa quarta-feira sem esperança

Podias ir à proa de barcos antigos
Cortando ventos salgados
Com espumas fervendo em teus seios de virgem
Figure étroite en proue de bâtiment
Galga esgalga
Lili

És menina nos bicos dos seios e
na pevide do sexo —
estranhamente pequenos os três,
como botões de irrevelada flor.
És menina na voz tímida, *saccadée*,
Nervosa e doce.

És mulher na arquitetura de teus braços
longos como asas de ave do mar
na ousada arcadura de teus ombros
na firmeza de tuas coxas e na longura
nobre de tuas pernas.

De todas as primas feias da roça que eu já tive
és uma insensatamente linda.
Gostaria de ver-te em um vestido de chita —
entretanto desenhado por Chanel —
úmido nos seios e nos lombos
porque terias saído de um banho de rio
descalça, com um pouco de lama e areia
entre os artelhos
Teus olhos luzindo na sombra do bambual
eu te daria pitangas de sangue
jabuticabas de um negrume azul com
a polpa de um branco azul —
cor elusiva — como és —
e cajus, sapotis.

Te ensinaria nomes de passarinhos de nossa terra
[mas
não prestarias atenção e eu
te amaria de um amor tão complicado apaixonado
brasileiro e chato
que sumirias de mim em uma esquina de Saint-
[-Germain
deixando-me apenas de lembrança a úlcera de teu
[estômago
doendo e ardendo para sempre em meu desatinado
[coração,
Lili.

Rio, 1963

biografia do autor

Rubem Braga nasceu em 12 de janeiro de 1913, em Cachoeiro de Itapemirim, no Espírito Santo, e, precocemente, passou a dedicar-se ao jornalismo, em 1928, no *Correio do Sul*, fundado por seus irmãos. Apesar de graduado em Direito, nunca exerceu a profissão e dedicou-se por toda a vida ao jornalismo e à crônica, passando por diversos jornais brasileiros. Atuou também como embaixador no Marrocos, chefe do Escritório Comercial do Brasil no Chile, editor, contista e poeta, experiências que influenciaram suas crônicas, além de ter sido correspondente do *Diário Carioca* durante a Segunda Guerra Mundial.

Considerado um dos mais importantes escritores e expoente máximo da crônica no Brasil, Rubem Braga publicou seu primeiro livro, *O conde e o passarinho*, em 1936. A este seguiram-se diversos outros títulos que lhe garantiram prestígio incomum junto ao público leitor e à crítica ao longo das últimas décadas. Obras como *Ai de ti, Copacabana!* alçaram a crônica, gênero comumente considerado "menor", a um patamar jamais alcançado na literatura brasileira.

Após muitas viagens e residências, Rubem Braga se instalou definitivamente no Rio de Janeiro, onde sua casa se tornou famoso ponto de encontro da intelectualidade carioca. Faleceu em 19 de dezembro de 1990 e suas cinzas foram jogadas no rio Itapemirim.

Impresso por :

Graphium
gráfica e editora

Tel.:11 2769-9056